희망을 사다

천년의시 0103

희망을 사다

1판 1쇄 펴낸날 2019년 11월 1일
지은이 이돈권
펴낸이 이재무
책임편집 박은정
편집디자인 민성돈, 장덕진
펴낸곳 (주)천년의시작
등록번호 제301-2012-033호
등록일자 2006년 1월 10일
주소 (03132) 서울시 종로구 삼일대로32길 36 운현신화타워 502호
전화 02-723-8668
팩스 02-723-8630
홈페이지 www.poempoem.com
이메일 poemsijak@hanmail.net

이돈권ⓒ, 2019, printed in Seoul, Korea

ISBN 978-89-6021-454-5
        978-89-6021-105-6 04810(세트)

값 10,000원

희
망
을
사
다

이 돈 권 시 집

천년의
시작

시인의 말

시를 쓰면서 많은 언어를 배웠습니다.

산길을 걷다 보면
나무들이 말을 걸어옵니다.
꽃들이 반갑게 인사를 합니다.
처음에는 그들의 언어를 잘 알아듣지 못했습니다.
막혀 있던 귀를 열고 눈을 열고 마음을 여니
비로소 그들의 언어가 들려오기 시작했습니다.

시를 쓰는 일은 기쁜 일입니다.
시를 적는다는 것은 마음을 정리하는 일입니다.

이 기쁘고 즐거운 일을 책으로 엮어 펴냅니다.
이 작은 출발이 앞으로 펼쳐낼 많은 시집과
출판할 책들의 선봉장이 되리라 굳게 믿습니다.

첫 시집 출판의 기쁨을 하나님께 드립니다.
또한 이 책 출판에 앞장서 준 아내에게도
이 자리를 빌려 깊은 고마움과 사랑을 보냅니다.

차 례

시인의 말

제1부 봄과 꽃

봄

봄은 보는 것

새싹을 보고
꽃 핌을 보고
희망을 보고

그대의 얼굴에 노란 개나리꽃,
고운 미소로 피어남을 보는 것

봄날

마가렛이 피었습니다
비올라가 피었습니다
데이지가 피었습니다
그대 향한
내 마음도 피었습니다

입춘

입춘에 나는 햇살이 되리
겨우내 추운 그대에게
따사로운 입맞춤이 되리

입춘에 나는 강물이 되리
겨울 강가 버들강아지 눈 틔워
졸졸졸 그대 품으로 흘러가오리

오,
나는 입춘에 기쁜 편지가 되리
남녘 설중매 분홍빛 소식 받들고
겨우내 닫혔던 그대 속살에
눈부신 봄의 전령이 되오리

봄까치꽃

개불알풀꽃이
봄까치꽃이라는 걸 오늘 알았습니다

저 봄까치꽃이 피어야
대동강 물 풀리고
얼었던 그대 마음도 풀린다는 걸
이제야 알았습니다

어제 우수 지난 오늘
뒷동산에는 암컷 쫓는 수컷 까치의
구애 소리로 왁자지껄하고

앞산에는
봄까치꽃 기지개 켜는 소리
한가득 곱기만 합니다

저 까치 소리 들리고
봄까치꽃 눈 떴으니

이제는 그대 복사꽃 웃음소리
한 아름 들려줄 차례입니다

산수유꽃

그대여

낙산에 오르거든
거기 피어있는
산수유꽃 보거든

왜 뜬 듯 감은 듯
피었냐고 묻지 마라
불길같이 피었다 꽃비같이 흩뿌리는
벚꽃처럼 못 하냐고 묻지 마라

이른 봄
다른 꽃들 깊은 잠에서 깨어나기 전

처음 본 이 세상 너무 눈부셔
꿈꾸던 하늘빛 너무 푸르러
강아지 처음 눈 뜨듯
깜박거리는 아기 산수유에게

왜 그리

조는 듯 자는 듯

피었냐고

더 이상 보채지 마라

봄날에 나는 꽃이 되겠습니다

봄날에
나는 꽃이 되겠습니다
당신이 지나는 뚝방 길에 눌러앉아
노랗게 피어나는 개나리꽃이 되겠습니다
겨우내 지친 당신 얼굴에
맑은 미소 한번 줄 수 있다면
흙먼지 속에서도 노랗게 웃고 있는
꽃이 되겠습니다

봄날에
나는 향이 되겠습니다
당신이 귀가하는 골목 한편에 서서
맑은 향 뿜어내는 라일락꽃이 되겠습니다
나른한 봄날 당신 입에서 아 하는
외마디 탄성 들을 수 있다면
나의 진액 다해서라도 당신 위한
향이 되겠습니다

봄날에
나는 그리움이 되겠습니다

당신이 오르는 오월 동산 골짜기에
그리움 알알이 맺힌 아카시아꽃이 되겠습니다
울컥 첫사랑 그리운 당신 마음에
추억의 전령사 되어
당신을 위한 옛사랑의 그리움이 되겠습니다

당신이여

봄날에 피는 저 모든 꽃들은
당신을 위한
나의 마음입니다

애기똥풀

이름만 똥풀이지
진짜 곱구나
똥도
애기 똥이면
이리도 이쁘다더냐
하기야
똥이 얼마나 좋으면
맛있는 봄배추를
봄똥이라고 하지 않더냐
여자들 몹시 갖고 싶어 하는 것도 똥,
루이비똥 아니더냐

찔레꽃

찌릉레 찔레
찌릉레 찔레

내 마음 몰라주는
당신 마음 찌릉레
닫힌 당신 마음 콕콕 찔러
내 향기 넣어줄래
내 사랑 넣어줄래

찌릉레 찔레
찌릉레 찔레

봄날을 사다

퇴근길에 냉이를 샀다
멀리 강화도에서 온 냉이를 샀다
한 움큼 맡아보니
해풍에 그을린 봄 향이 가득하다
된장을 넣고 끓일 냉잇국에
벌써 마음이 환하다
나는 오늘
총선 공천으로 뿌연 황사 속에
향긋한 봄날을 샀다

산딸기

산에서 꽃 피어
산에서 열매 맺히니
그대
산딸기가 분명하구나

열리려면
산에서나 열리지
오늘 아침
내 가슴에 왜 붉게 열리는가

우물가 앵두

앵두나무 우물가
물 긷던 순이
출렁,
얼굴에 물 떨어지니

어머
하며 삐쭉 놀란 입술

저것이 시방
앵두인겨
입술인겨

명자꽃

숙자
경자
희자의 동생
명자 닮은 명자꽃

이름이
흔하다고
함부로
흔할 수 없는 고운 꽃

차분히 고즈넉한 꽃
꼭 안아주고 싶은
당신 닮은 꽃,

그대 이름,
명자꽃

히말라야 꽃

한 소쿠리 햇살이면 되리
한 움큼 바람이면 되리

그대 향해 내 입술 붉게 물들였으니
그대 향해 나의 골수 진한 향으로 뿜어냈으니

만년 빙벽 뚫고
핏빛 그리움으로 그대 만난 날,

나 이제 스러져도 좋으리

별빛으로 만년설 다 녹이는 날
나 다시 그대 품에 태어나
붉은 울음 훠어이 훠어이 토해 내리

금낭화

나에게도
주머니 있었으면 좋겠다

주머니 열 개쯤 있어
그 속에 금화가 주렁주렁 매달린
노란 황금 주머니 있었으면 좋겠다

우리 아이 등록금 나올 때
몇 개 뚝 따서 처리하고
우리 어머니 임플란트 하시라고
뚝 따서 드리고

돈 필요한 친구들과 이웃에게도
오이 따듯 몇 개 뚝뚝 따서 줄 수 있는 금 주머니
있었으면 좋겠다

금 주머니 다 떨어지면
또다시 주렁주렁 열려 마음 풍성해지는
그런 금낭화 같은 금 주머니 있었으면 좋겠다

봄비

봄비는
세례이다

뿌연 세상 먼지 씻어내는
하늘의 사랑이다

갓 태어난 아기 새싹
곱게 씻기는 엄마의 손길이다

봄비는
죽었던 우리 마음 밭에
생명의 강 다시 흐르게 하는

부활의
기쁜 눈물이다

꽃과 봄비

봄에 내리면 봄비
부슬부슬 내리면 부슬비

마른 봄 대지에 내리면 단비
꽃 속 꿀 따는 벌 위에 내리면 꿀비
꽃잎 하늘하늘 휘날려 내리면 꽃비

봄비 우산 속 그대 그리워져
눈가에 흘러내리면 이슬비

달맞이꽃

달맞이꽃은 밤에만 피지 않는다
달맞이꽃은 낮부터 피어난다
낮부터 달맞이 준비를 한다
달맞이꽃은
노랗게 화장을 한다

낮에 나온 하얀 반달이
밤중에 노랗게 뜨는 것은
달맞이꽃 노란 화장 때문이다
달맞이꽃은 한밤중 달님 맞을 생각에
낮부터 노랗게 달뜬다

배롱나무꽃

백 일 동안만
불타다 가시렵니까
백 일 동안만
머무르다 떠나시렵니까

그대 오신 지
겨우 육십여 일인데
사십여 일 지나면
가시겠다고요
그러길래
왜 백일홍이라 하셨습니까

삼복더위에 찾아와 허락도 없이
내 가슴에 붉게 불 지핀 당신
이제 기한 되었으니 가시겠다고요

참, 위대한 당신
그대는 사랑도 기한 정해 놓고
쉽게 떠날 수 있습니까

능소화

그런 눈으로 바라보지 마라
헛된 전설을 갖다 붙이지도 마라
내 몸에 불타는 피 흐르나니
가장 뜨거운 계절에 태어나
태양의 자식을 잉태 중에 있나니

붉디붉은 입 벌려
저 폭염을 기쁘게 마시고 있나니

이후로 나를 작은 꽃, 소화小花라 부르지 마라

여름을 지키는 핏빛 갑옷의
여전사로 불러달라

풍접초 風蝶草

바람을 만나 꽃으로 피어난 나비여

너의 긴 더듬이는
가녀린 수술로 태어났구나

바람의 정기를 잉태하여
찬란한 족두리꽃을 피우더니
그 바람 아직 잊지 못하여
스치는 바람에도
길고 긴 손을 내밀어 흔드네

그대의 따스한 숨결에 흔들리고
싶은 꽃
오늘도 그대의 바람 타고 훨훨 날고
싶은 꽃

나의 풍접초여

오미자

수줍어 붉어진 속살에
황홀한 단내만 흐르는 줄 알았더니
팽 하고 토라질 땐
시다 못해 쓰디쓰고
짜다 못해 매운 독기까지 토하는구나

깊은 산속에서
뻘건 태양, 푸른 별만 바라보며
곱디고운 사랑 맛만 키운 줄 알았더니
톡 하고
쏘아대는 아찔한 시큼함은
어디서 배웠더란 말이더냐
풋사랑을 나눈 저기 저 땅벌한테서
엿듣기라도 했단 말이더냐

오미자
너는
꿀송이더냐 익모초이더냐

도대체
너의 정체는 무엇이더냐

모과

차 안에 노란 햇모과
한 알 넣어두었습니다

다음 날 문을 여니
은은한 향이 한가득입니다

잠깐만 두어도
주변을 환한 향기로 채워주는 모과

그러고 보니
모과는 잠시 곁에만 있어도
부드러운 향으로 품어주는 그대,

그대를 꼭 닮았습니다

담쟁이

오르고 싶었는데
당신께 닿을 때까지
오르고 또 오르고 싶었는데
올해는 여기서 멈추라시네
멈추라시니 여기서 그치시라니
온몸에 열이 오르네
밤새 끙끙 앓아 열이 오르네
가을비 찬비 온몸에 두르고
노랗게
불그랗게
온몸에 열이 오르네
온몸에 불이 타오르네

제2부 희망을 사다

희망을 사다

88세 어르신이
오피스텔을 사셨다
두 달여 동안 사시겠다 안 사시겠다를
반복하시더니 최종 마나님
결재가 났다고 하신다
그동안 안방에만 계시던
할머니가 부축을 받으시며 사무실에 나오셨다
어르신이 80대 중반의 부인 이름으로 사주시는
계약 현장을 보시려고 안방마님이 직접 나오셨다
거동이 불편한 할머니 입가에 연신 웃음이 맺힌다
마님의 미소가 창가에 비치는 유월 햇살을 타고
푸른 매실처럼 퍼져나간다
입속에 맴도는
'그 연세에 오피스텔은 사셔서 뭐 하시려고 하십니까?'
라는 말은 결국 하지 못했다
나는 꿈을 팔고
할머니는 희망을 사셨다

소녀상

151번 버스에
소녀가 탔습니다

두 주먹 불끈 쥐고
흰 버선발로
151번 버스에 탔습니다

목적지도 없이
동행도 없이
영원을 향하여 버스를 탔습니다

소녀는 눈 한 번 깜박이지 않습니다
멀리 현해탄을 바라봅니다
무슨 짓을 했는지 잊었는가
방향이 바뀌어
여의도를 바라봅니다
나라 잃은 설움을 알기는 아는가
꼭 다문 입으로 말합니다
부릅뜬 눈으로 말합니다

1930년대 소녀가

2017년도 버스에 탔습니다

울어도 울어도 눈물 한 방울

나지 않는 말라붙은 눈으로

오늘도 영원히 감을 수 없는 두 눈으로

먼 하늘을 바라보고 있습니다

집짓기

나이 더 들면 거처할
아담한 집 한 채 구상한다

양지바른 산 밑자락 어디메쯤에
너무 커도 안 되겠지만
그래도 뒷동산에 아침마다 걸을 산길
하나 있었으면
앞마당에 연못 하나도 있었으면

에이,
너무 커졌네
다시 새로 짓는다
부수고 짓고
또 짓다 다시 설계 변경 들어가고

문득,
집이 다 무슨 소용 있나 싶다
그저 당신과 같이할 수 있는 곳이라면
그대 마음속에 나 기거할 수 있는
방 한 칸만 지을 수 있다면

오늘도 나는 설계사가 되었다,
목수가 되었다
토목 기사가 되었다 말았다를
반복하고 있다

지게

지라면은 지겠습니다
누군가는 져야 하는 이 지게
무겁더라도 지라 하시면 지겠습니다

1985년부터 선배님들이 져온 이 지게
벌써 11번째가 되었습니다
가벼웠던 지게에 짐은 나날이 늘어가지만
전통과 역사의 향기 가득한 이 지게
기꺼이 짊어지겠습니다

지게 지고 언덕길 오를 때에는
가끔은 밀어도 주십시오
지게 받치고 벅찬 숨을 토해 낼 때는
가끔은 물 한 잔도 건네주십시오
때로 지쳐 쓰러지고 싶을 때에는
종각의 보신각 종소리 은은히 들려주십시오

그래야 아직도 우리 가슴속에 흐르는
탑골공원 저 만세 소리 이어갈 수 있으니까요

지라 하시면 지겠습니다
선배님들이 져 오신 이 종로의 지게,
무겁더라도 기쁘게 지겠습니다

* 2016. 11. 21. 종로구 지회장 취임사 중에서.

조직 검사

경찰도 아니고
검찰도 아닌 데서 불쑥 내 조직을
검사해야 한다고 통보하네
서방파 근처도 안 갔고
불곰파에 가담한 적도 없는데
사뭇 의심스럽다네
2015년 6월 4일 오전 9시
나는 흰 가운을 입은 무뚝뚝한 이한테서
밤잠을 설치면서 기다려온 긴장된 선고를
들어야 하네
나도 모르게 내가 언제 조직을 구축했었던가
어두운 세력들이 나를 그곳에 편입시켰던가
세월과의 전투에서 머릿결을 전멸시킨 조사관이

'아직은 이상 없네요'

아직이라는 말이 아득하게 들리네
나는 생애 최초로
내 위 속의 작은 용종으로 인해
위벽을 샅샅이 훑어내고도 살점을 떼내어

나의 존재하지도 않는 조직을

철저히 해부당했다

정자亭子를 지나며

나는 정자를 지날 때마다
정자가 생각난다

국민학교 때의
박정자
이웃집에 살던
송정자
국어 선생님
선정자

나는 정자를 지날 때마다
나의 두 아이를 이 땅에
탄생시킨 정자精子가 생각난다

나는 오늘 밤도
정자 곁을 지나면서
이 정자 저 정자
그때 그 정자를 생각하며
실실 웃음을 밤하늘에 흘려보낸다

그물

아침 산길에 그물을 만난다

이중 삼중으로 그물 던지는
산중 어부를 만난다

그물에 걸려 퍼덕이는
아침 햇살이 눈부시다

햇살도 잡아두고
풀 향기도 가둬둘 수 있는
저 호랑거미, 어부가 부럽다

그대 한 줌 마음도 낚을 수 없는
나는 초라한 어부

오늘 나는
구멍 난 그물을
다시 깁는다

전철 스케치

아침 전철은 수다 삼매경이다
꽉 찬 객실은 조용하기만 한데
왁자지껄 수만 개의 대화가 부산스럽다
ㅋㅋㅋ 웃는 소리
ㅜㅜㅜ 실망하는 소리
어젯밤 술자리 이야기
김 부장 씹는 소리
이 소리 저 소리
문자를 타고
카톡을 타고
여기저기 날아다닌다
이모티콘은
총알이 되어 날아다니고
퍼줘도 퍼줘도 줄지 않는
돈다발은 여기저기에 쏟아진다
아침 전철은 여전히
조용하기만 한데
만남을 잃어가는 도시는
오늘도 내일도
손가락으로 사랑을 하고

문자로 사람을 만나고
세상을 향해 어지러운
언어를 토해 내고 있다

늦은 전철

늦은 시간 전철은
인심도 좋다
천 원 남짓 받고
피곤한 이에게 여관이 되어주고
얼굴 발그레한 주당에게
다방도 되고
취업 준비생에게 독서실도 되고
뜨거운 청춘들에게 불같은 스킨십도
허용해 주고

늦은 시간 전철은
예의도 밝다
건너편 초면부지에게 꾸벅꾸벅 절하고
경로석엔 60대가 70대에게 벌떡 자리 비켜주고
디엠비 넘겨보는 옆 사람에게 슬며시 눈길도 내어주고
가난한 시인에게 창작실이 되어주고
부도난 중소기업 아이디어 상품
번갯불 장터가 되어주기도 하고

늦은 시간 퇴근길의 전철에는

늙음도 있고 청춘도 있고
처진 어깨도 있고 기쁜 비전도 있고
사랑도 피고 아픔도 쌓이네
각본 없는 한 편 인생극장에
무수한 출연진들이 왔다
말없이 떠나곤 하네

눈물

누굴 위해
울어준 일 많지 않은데
내 눈물이 고갈되었다
울어줄 일 있어도
이 꽉 물고 버티어온 세월이었는데
굳게 참아온 눈물이었는데
내 눈물은 어디로 갔을까

평생 억지 눈물
방울방울 넣고 살라 하는데
내 눈물
다시 살릴 수는 없을까

험한 세상 자욱한 먼지 속
마음 문 꼭꼭 걸어 닫고 살았더니
마음 샘 메말라 눈물샘도
같이 말라버렸나

오늘 아침
나는 뻑뻑한 눈에 제조된 눈물

짜 넣으며 기도한다
이제는 용서하며 살자고
아픈 세상 보면 눈물 흘리며 살자고
그리하여
말라붙은 마음 샘 시원한 물줄기
다시 솟아나서 그 물줄기가
나를 적시고 너를 적시고
우리 모두를 촉촉하게 적시게 해달라고

오늘도 나는 눈에 눈물을 털어 넣으며
눈물을 위해 간절히 기도한다

그러려니

멀쩡하던 이가 시려오고
눈도 침침해진다 했더니
나보다 젊은 이가 내게 하는 말,
말을 안 해서 그렇지 진즉부터
그러려니 하고 산다네

처음 아플 때만 그렇지
이곳저곳 아프다 보면
이제 나빠지는 것도 삶의 일부려니 하고
그러려니 하고 산다네

지금까지 크게 안 아프고 살았다면
그거 퍽 괜찮게 산 삶이라네
몇 번 더 아파보고 죽을병도 아니고
어차피 피 끓는 청춘으로 돌아갈 수 없다면
그러려니 하고 산다네

나이 오십 줄 훌쩍 넘겨서야 비로소 깨닫는
만병통치약, 그러려니

나도 이제
그러려니로 살겠네

세상이 왜 이 모양일까 하고
분노하지도 않겠네
사람 모여 사는 거 다 그러려니 하겠네
열심히 살다 보면
푸른 바람 불어올 날 있겠지 하며
그러려니 하고 살겠네

그러려니 하고 생각하니
막혀서 답답할 일 하나 없네
네 찡그린 얼굴도 이해가 되고
어젯밤 차디찬 네 말 화살도
내 가슴에 박히다 그만 꺾이고 마네

나 이제 그러려니가 되겠네
그대 기댈 수 있는 넓은 가슴 되고
모두에게 환한 그럴 수 있음이 되겠네

흔들려도 다시 일어서는
갈대가 되겠네
따뜻한 그러려니가 되겠네

그럼에도 불구하고

그럼에도 불구하고라는
말만 들어도 가슴이 찡해진다
이 여덟 글자가 주는 반전은
나의 힘줄을 다시 푸르게 돋게 한다

그는 경기 도중 넘어졌다
그럼에도 불구하고 벌떡 일어나서
제일 먼저 우승의 테이프를 끊었다

그 고시생은 시험에 열 번이나 떨어졌다
그럼에도 불구하고 다시 도전하여
열한 번째에 자랑스러운 판사가 되었다

홍수환 선수는 링에서 네 번이나 쓰러졌다
그럼에도 불구하고 다섯 번째 다시 일어나서
카라스키야를 KO 시키고 챔피언이 되었다

보라

아무리 힘들어도

도저히 불가능해 보여도
그럼에도 불구하고를 갖다 대면
살아나는 저 기적들을, 저 감동들을

누가 할 수 없다고 하는가
누가 불가능하다 말하는가
그럼에도 불구하고는
포기를 환희로 만든다
좌절을 승리로 안내한다
눈물을 기쁨으로 만든다

그대여

삶에 아무런 희망이 안 보이거든
그럼에도 불구하고를 힘차게 외쳐보자
그럼에도 불구하고라는 향기 나는 지우개로
검고 검은 부정의 단어들을 모두 지워버리자
역사는 그럼에도 불구하고
우뚝 일어선 자들의 자서전,

우리 그럼에도 불구하고 다시 일어나
아름다운 역사의 한 페이지를 만들어보자

* 2018. 6. 12. 북미 정상회담의 날에.

봉침

내 몸속에 네가 흐른다

아찔하게 만난 우리
온 힘을 다하여 나를 쏘지만
너는 죽고
나는 산다

슬퍼하지 마라
오늘 네 후손들을 위하여
풍성한 꽃나무를 심어줄 테니

나는 네게 꽃을 주고
너는 내게 생명인 침을 주었으니
내 혈血 속에 이제 영원히 네가 흐름을 잊지 않으마

너무 아파하지 마라
짜르르 나도 많이 아프다

별이 좋은 것은

별이 좋은 것은
멀리 있기 때문이다
멀리 있어
달려갈 수 없기 때문이다
상처 총총 다 여미고
빛나는 모습만 보여 주기 때문이다
어둠이 누를수록
더욱 찬란해지기 때문이다
수억만 리에서 달려와
벅찬 꿈꾸게 하는 영롱함 때문이다

별이 안타깝도록 좋은 것은
가까이 갈 순 없어도
바라만 봐도 좋은
너를 닮았기 때문이다

공평

출근길에
앞서 걷는 아가씨
너무
늘씬하다

지나치다 뒤돌아 얼굴을 본다

우리 하나님은
참
공평하시다

웃음

그가 좋아

웃는 그녀의 웃음은 허허허(her her her)

그런 그녀가 좋아

웃는 그의 웃음은 히히히(he he he)

서로 좋아

마주 보고 웃는 웃음은 호호호(好好好)

그가 좋아

그녀가 좋아

서로 모두가 좋아

입 벌려 웃는 웃음은 하하하(呀呀呀)*

* 呀: 입벌릴 하.

산길

산길 걷다 보면

상처 난 생각에 새살이 돋는다
메마른 마음에 샘이 솟는다
죽었던 희망에 근육 다시 붙는다

산길은 살리는 길
산길은 살아있는 길
그래서
산길은 산 길이다

뜰채

나에게 뜰채 하나 있었으면 좋겠다
휘휘 휘둘러 추운 공기 거둬낼
커다란 뜰채 하나 있었으면 좋겠다
그대 옷깃 파고드는 바람들
쓱쓱 닦아낼 만능 뜰채 하나 있었으면 좋겠다

일기예보 1

추운 날씨에
기상 캐스터의 옷차림은
영상 28도 초미니

캐스터 방실방실 말하네
강원도는 영하 29도
서울은 마이너스 17도

여러분 마음은 몇 도냐고

문풍지 달달대는 달동네는 영하 30도
찬바람 일렁이는 재래시장은 영하 40도

그래도
내 마음은 영상 20도라네

그대만 있으면
나를 향해 웃어주는
그대만 있으면
내 마음은 한겨울에도 영상 20도

당신만 볼 수 있다면
내 마음은
봄바람 살랑대는
맑고 환한 봄날, 영상 20도

일기예보 2

일기예보에
오늘은 33도 폭염, 자외선, 오존주의보가
내리니 외출 자제해 달라고 하네요

그대 외출하신다 하니

우선 하늘에 그물 막을 칠게요
서리풀 원두막 같은 그물 막을 칠게요
고운 그대 얼굴 그을리지 않게

그래도 안 되면
세상 모든 회색 물감 다 구해서
당신이 지나는 하늘 위 칠할게요
깨진 오존층 촘촘히 모두 막아보게

그러고 나서는
북녘에 전화해서 시원한 산바람
한강에 기별해서 상큼한 강바람
굽이굽이 보내드릴게요
그대 이마 위 송알송알 땀방울 식히게

외출 삼가달라는 일기예보에도
그대 오늘 꼭 나가셔야 한다면
내 한 몸 길게 늘어뜨려
불볕 햇볕 모두 막아내는 구름 기둥
기꺼이 되어드릴게요

어느 부고

어제
동네 아는 분한테서 불쑥 문자가 왔다

한 번도 내게 문자를 보낸 적이 없는,
아예 문자를 하지 않는 걸로 아는
칠십이 넘은 분한테서 문자가 왔다

반가움에 열어 본 문자에는
본인의 죽음을 알리는 부고장이 실려있다
고故 ○ ○ ○라고 담담히 자기를 소개한
부고장

나를 부동산 멘토로 여기고 늘 찾아왔던 그분
자기는 문자 할 줄도 모른다고
내가 문자 하면 전화로 답을 주던 그분

나에게 처음이자 마지막으로 보낸
문자는 본인의 부고장이었다
5 · 18을 아파하셨던 걸까
비 내리는 5 · 18에 자기 부고장을

나에게 남기고 그분은 홀연히

본향으로 돌아가셨다

가을 모기의 전투

피 한 모금 빨기 위한 암컷 모기의
목숨 건 모성애를 보라

그녀는 달력 보지 않아도
본능적으로 안다
아침저녁 산들바람 건들거리고
사납던 햇살 고분고분해지면
가을이 오고
내 새끼 출산할 마지막 기회라는 걸

보라
맨살도 아닌 긴팔 옷 위에 납작 붙어서
여린 빨대를 꽂고 난자의 성숙을 위해
철분과 단백질 풍성한 나의 피 한 모금 빨고자
목숨 건 사투를 보라

죽기 살기로 덤벼드는 이 전쟁을 보라
오, 나의 손바닥 한 번 스침으로 처참한
주검으로 변한 이 장렬함을 보라

한 번이라도 모기처럼 나는
필사적으로 일해 본 적 있었던가
모기여
내 팔뚝 전투에서 최후 순간까지
최선을 다했던 모기여

나 힘들 때마다 너의 목숨 건 사투를 기억하마
너무 슬퍼하지 마라
너의 후손들에게 나도 조만간
내 피를 헌혈할 때 올 터이니, 이제 편히 잠들거라
네 주검은 이곳 방배동 양지바른 곳에
고이 묻어주마
너를 지날 때마다 너의 핏빛 정신을
잊지 않고 추억해 주마

처서 작전

작전 개시가 있었음이 확실하다
어쩐지 귀뚜라미들 가만있다가
일제히 울어젖힌다 했다
낮에는 여전히 등골에 땀 흐르는데
새벽녘에 설렁설렁 바람 분다 했다
하늘은 어떻고
양떼구름 병사들 이동 심상찮고
매일매일 하늘이 키 커진다 했다

은밀히 지령 내렸음이 분명하다
제1군단 귀뚜라미 특공대에는
용각산 무제한 지급되어
조석으로 무자비하게 울어대라고
제2군단 바람 부대에는 새벽마다
바람 보따리 풀어 산과 들과 골목까지
가을바람 선들거리게 하라고
제3군단 공수부대에는 낙하산 지급되어
하늘 키높이 매일 한 뼘씩 높여 주고
푸른 물감 한 줌씩 온 하늘에 뿌려대라고

올해도

또 작전이 떨어졌구나

더위 잠재우고 가을 맞이하라는

처서處暑 총사령관의 작전 개시가

작년처럼 또 사방에서 시작되었구나

가을 졸업식

가을은 졸업입니다
울긋불긋 화려한 졸업식 가운을 입고
즐거워하는 축제입니다
봄에 입학하여 열심히 공부한
많은 꽃과 나무들의 졸업식입니다

저 참나무는 올 가뭄 때문에 C학점을
받았습니다 그렇다고 기죽지 않습니다
내년에 더 잘하면 된다고 합니다

가로수길 은행나무는 해 갈이 때문에
은행알이 적게 열려 올해 D학점을 받았습니다
그러나 찡그리지 않습니다
작년에 A학점을 받았듯이, 내년에는
A$^+$를 받을 수 있다고 자신만만합니다
대신에 황금빛 가운을 차려입고
찬란한 몸짓으로 우리를 눈부시게 합니다

긴 겨울방학에 들어갈 산과 나무들은
설렘에 꽉 차있습니다

기쁜 마음에 온몸이 빨갛게 상기된
단풍나무는 팔랑팔랑 작은 손을 연신 흔듭니다

모두들 서로서로를 토닥여 줍니다
올 한 해 수고했다고
내년 학기에는 A학점을 받자고
방학 동안 보고 싶을 거라고
보고 싶을 때는 가끔 카톡으로 연락하자고

가을은
기쁜 졸업식입니다.

가을에는

가을에는
물든 사람이 좋다

설악에 단풍 물들면
붉게 물드는 사람이 좋고
남이섬 은행나무 물들면
노랗게 물드는 사람이 좋다
하늘공원 억새 소리 서걱대면
가을바람으로 물든 사람이 좋다

하늘을 보면
푸르게 물들고
들판을 보면
누렇게 물들고

나는 너로 물들고
너는 나로 물들고

가을에는
가을로 물든 사람이 좋다

11월 은행나무

나 물들거든

당신 기다리다
노랗게 달뜬 줄 아세요

여름내 지켰던 푸른 절개
누렇게 지쳐가는 줄 아세요

정릉 가는 길
성북동 어느 한편에 서서

당신 기다리다
샛노랗게 멍들어 가는 줄 아세요

12월의 홍시

겨울 하늘
붉은 점 하나

긴긴밤
그대 추울까 봐
어두운 밤
그대 헛디딜까 봐

떨어질 수 없어
내 몸 빨갛게 태워
그대 밝히는
겨울 하늘
붉은 등불 하나

눈 내리는 아침

세상에서 제일 따뜻한 옷은
당신입니다
생각만 해도 온몸이 따뜻해져 오는 당신,
겨울 아침
눈 내리는 아침,
난 [made in 당신]을 입고
오늘 하루를 출발합니다

겨울나무

모두 벗었다고
추운 눈으로 바라보지 마라
그는 봄 여름 가을
치열한 삶의 전쟁 치른 후
무거운 전투복 벗고 포근히 잠자고 있다

다 떠났다고
설익은 언어로 동정하지 마라
그는 지금 새로운 대지와
또 다른 뜨거운 봄날을 잉태 중에 있다

사람들아
겨울 벗은 나무 곁을 지날 때는
우리 발소리도 숨죽여 지나자
그는 지금 하늘 향해 두 팔 높이 벌리고
깊고 기쁜 기도 중에 있다

달과 겨울나무

겨울나무에 달이 걸려 있습니다
추워 서둘러 돌아가려는 달
벗은 나무가 노란 달빛 좀 쐬자고 붙듭니다
잠깐만 있어달라고 붙든 달과 나무의
이야기는 끝이 없습니다
쳐다보는 마음에도 노란 온기가 돕니다
겨울은 차가워도
노란 달과 벗은 은행나무의
이야기는 따뜻하기만 합니다
깊어가는 겨울밤
나도 맑고 노란 미소를 띄워 보냅니다

나도 때로는 곶감이 되고 싶다

곶감이 왜 곶감일까
말린 감이라 해서
말감이라고 하면 더 좋지 않을까
싸리나무에 꽂아 말려서
곶감이 되었다네
꽂아서 말린 감, 곶감
옛날에는 꽂는 걸
'곶'이라 하여 곶감

나도
곶감처럼
속마음 드러내어 말리고 싶다
상처투성이 알가슴
맑은 날 햇살에 뽀얗게 말리고 싶다
싸릿대 없으면
빨랫줄에라도 탈탈 털어
뽀송뽀송하게 말리고 싶다
축축한 물기 없이
달콤한 분가루 나오도록
내 마음 말리고 싶다

나도 때로는 곶감이 되고 싶다
나도 때로는 누군가에게
달콤한 사랑이 되고 싶다

새해가 되었다고

새해가 되었다고
지나간 작년을 헌 해라고 말하지 말자
그 시간 있어서
오늘 우리 이 새해에 서있나니

새해가 되었다고
지난 시간들을 희망이 아닌
불행이었다고 말하지 말자

힘들었던 지난 시간들이 모이고 모여
오늘 희망의 해를 만들었나니

오늘 이 새해 아침
우리 지난 한 해를 감사하자

그 시간들 오늘로 이어져
네가 있고
내가 있고
우리 모두 오늘 서있을 수 있는
뜨거운 발판이 되었으니

제3부 어머니

추석이 추석인 것은

추석이 추석인 것은
당신이 계시기 때문입니다
봄철 어린 죽순 따다 여름내 말리시어
조기 넣고 지져줄 기쁨에 찬 당신,
아직도 추석이 설렘으로 그리운 것은
둥근 보름달보다
맛 좋은 송편보다
허리 굽은 당신의
기다리심 때문입니다

흙의 손을 보았습니다

어머니
올해서야 비로소 흙의 손을 보았습니다
자기 몸속에 들어온 모든 것 품어
자식으로 키우느라 거칠고 검어진 흙의 손을 보았습니다

올봄
고추와 상추 그리고 가지 모종을 사다가
꾹꾹 심어놓았을 뿐인데
마디마디 굵어진 손가락으로
뿌리 내리게 하고 꽃 피우고 열매 맺게 하는 흙의 손

나는
문득 그 흙 속에서 어머니를 봅니다
봄 여름 가을 논밭에서 일하시느라
실핏줄이 다 터져 시커멓게 변해 버린 어머니의 손등

어머니
오늘 밝은 햇빛 먹으며 열매 주렁주렁 매달고
화사하게 웃고 있는 흙이 키운 아들,
저 고추나무를 봐주세요

크고 나면 다 자기들 잘나 자란 줄 알고
우쭐대는 자식들 그늘 아래서
해맑게 웃고 있는
흙의 얼굴을 봐주세요
자기 온몸을 헤집고 들어오는 자식들의 뿌리
뿌리마다 일일이 젖 물리는 흙의 젖가슴을
봐주세요

나는 오늘
그 흙을 만지며
실핏줄 터진 어머니 손등에 가만 내 볼을 비벼봅니다

정월 대보름

정월 대보름에는
보름달이 뜨고
오곡밥이 익어가고
나물 기름 냄새 퍼져나고
불 깡통 휘휘 돌아가고

보름에는 정월 대보름에는
어김없이
보름달처럼 환했던 당신,
지금은 그믐달로 기우는 당신

보름에는 어머니 어머니
당신이
늘 그립습니다

아버지와 그의 어머니

시험 기간
늦게까지 공부하는
아이의 눈꺼풀이
연신 닫히네

그만 자거라 내일 새벽 일찍
깨워 주마

새벽에
흔들어도 달래도
못 일어나는 아이
20-30분 씨름하다가
일어난 아이
왜 지금 깨웠냐고
입이 댓 발 나왔네

속이 타네
아버지 어릴 적
아버지의 어머니가
그랬던 것처럼

떡국

떡으로 만들면 떡국이고
만두로 만들면 만둣국이고
떡과 만두로 만들면 떡만둣국인데

설날이 다가오니 떡국이 생각나네
어머니가 만들어주신 떡국이 생각나네
요양 병원에 들어가신 뒤론 맛볼 수 없는
어머니가 만들어주시던 떡국이 생각나네

떡으로 만들면 떡국이고
만두로 만들면 만둣국인데
어머니가 만들어주시던
떡국은 무슨 떡국일까
닭고기로 육수를 내어
계란 흰자, 노른자, 고기, 김 가루
갖은 고명 소복하게 얹어
어머니 정성 한 아름으로 끓여 낸
떡국은 무슨 떡국이라 이름할까

나는 오늘 새벽

설날을 앞두고 분주하셨던
어머니가 문득 그립고
이제는 다시는 맛볼 수 없는
진한 사랑으로 만드셨던
엄마표 떡국이 그립고 그립다

입관식入棺式

어머니를 관에 눕혀 드렸다

팔십팔 세 한평생
오 남매 낳아 오매불망 자식들 잘되기만을
빌고 빌었던 어머니를
반 평도 안 되는 목관에 눕혀 드렸다

손수 준비한 삼베옷을 기쁘게 입으시고
막내야, 품이 딱 맞다
그 집 수의는 영판 잘 맞춘당께
막내딸에게 자랑이라도 할 법한데
새 옷 곱게 차려입으시고
엄숙한 표정으로 어머니는 아무 말이 없으시다

오 남매의 손을 뜨겁게 잡아주시던
손길이 차디차다
굽은 허리로 고추밭 매다가 기운 빠지신 거지
셋째 아들놈 등록금 마련하느라
손발 차디차지신 거지
약골 둘째 아들 어미보다 먼저 보낼까

노심초사하셨던 게지

장례지도사가 큰 모자를
어머니께 씌워드린다
머리에는 키 높은 두건, 두 발에는 빨간 버선
온몸에 붙이는 장식이 화려하다

관 덮고 맏이가 어머니의 이름을
서명하여 봉인하니 세상이 훅 캄캄해진다
순간 어머니도 없고 나도 없다

어머니는 관 속에 누우셨지만
세상은 여전히 온통 어머니 천지다
아버지 야단치시는 어머니 목소리 쟁쟁하시고
명절 때 며느리들 음식 간 잘 맞추라고 성화시다
풀 우거진 텃밭은 여전히 어머니 손길을 찾는다

관 밖에서
여전히 살아계시는 어머니
오늘도 어머니 웃음소리 세상에 가득하다

그녀

끝내 단수인가 싶더니
또 흐른다

오랜 가뭄 수돗물처럼
찔끔찔끔 몇 개월
피부 알레르기 약이 잠시 그를
에티오피아 사막으로 내몰았나 보다

새벽녘 다시 터진 힘찬 물줄기에
웃는 소리마저 붉디붉다

그녀는 다시 장밋빛 여자이다

겨울이 좋습니다

난 겨울이 좋습니다
추위는 무척 싫어하지만
겨울이 좋습니다

나이 들어 같은 방을 쓰되
따로 이부자리를 펴는 우리 부부

새벽녘 영하 8도를 넘어서자
서늘한 공기에 아내가 내 이불 속으로
슬그머니 들어옵니다
가만히 안아줍니다

겨울은 추워도
나는 겨울이 좋습니다
그대, 내 품으로 살며시 돌아오는
겨울이 좋습니다
그대 내 곁으로 돌아오게 하는
겨울은 참 따뜻하기만 합니다

모성성母性性에 대한 근원적 그리움

차성환(시인, 문학박사)

　　이돈권 시인은 '어머니'의 사랑에서 존재의 근원적인 모성
성母性性을 발견한다. '어머니'의 사랑은 곧 꽃과 같은 작은
미물에서부터 사람에 이르기까지 삼라만상參羅萬像의 생명을
돌보는 대자연의 위대한 모성성이라는 보편적 의미를 획득
한다. 동일성을 상실하고 파편화된 현대인의 삶 속에서 자신
을 낳고 기른 '어머니'에 대한 근원적 그리움은 서정시가 견
지해야 할 마음일 것이다. 그의 모성성에 대한 사유는 단순
한 그리움의 정서를 제시하는 것을 넘어 궁극에 한 존재가 다
른 한 존재를 품는 사랑의 행위를 실천할 것을 요구한다. 타
자와 더불어 살 수 있는 사회는 바로 '어머니'의 사랑이 그러
하듯이, 다른 이를 자신의 품으로 안아주는 모성성의 회복에
서 시작되어야 한다.

어머니를 관에 눕혀 드렸다

팔십팔 세 한평생
오 남매 낳아 오매불망 자식들 잘 되기만을
빌고 빌었던 어머니를
반 평도 안 되는 목관에 눕혀 드렸다

손수 준비한 삼베옷을 기쁘게 입으시고
막내야, 품이 딱 맞다
그 집 수의는 영판 잘 맞춘당께
막내딸에게 자랑이라도 할 법한데
새 옷 곱게 차려입으시고
엄숙한 표정으로 어머니는 아무 말이 없으시다

오 남매의 손을 뜨겁게 잡아주시던
손길이 차디차다
굽은 허리로 고추밭 매다가 기운 빠지신 거지
셋째 아들놈 등록금 마련하느라
손발 차디차지신 거지
약골 둘째 아들 어미보다 먼저 보낼까
노심초사하셨던 게지

장례지도사가 큰 모자를
어머니께 씌워드린다
머리에는 키 높은 두건, 두 발에는 빨간 버선
온몸에 붙이는 장식이 화려하다

관 덮고 맏이가 어머니의 이름을
서명하여 봉인하니 세상이 훅 캄캄해진다
순간 어머니도 없고 나도 없다

어머니는 관 속에 누우셨지만
세상은 여전히 온통 어머니 천지다
아버지 야단치시는 어머니 목소리 쟁쟁하시고
명절 때 며느리들 음식 간 잘 맞추라고 성화시다
풀 우거진 텃밭은 여전히 어머니 손길을 찾는다

관 밖에서
여전히 살아계시는 어머니
오늘도 어머니 웃음소리 세상에 가득하다

─「입관식入棺式」전문

    절절한 망모가亡母歌라고 부를 수 있겠다. 「입관식入棺式」은
죽은 '어머니'에 대한 애도의 노래이다. '나'는 돌아가신 '어머
니'의 입관식을 지켜보면서 금방이라도 살아 움직일 것 같은
'어머니'의 잔상殘像에 사로잡혀 있다. "수의"가 "품이 딱 맞
다"면서 "막내딸에게 자랑"할 법한, 생전에 쾌활하시던 '어머
니' 모습이 환영처럼 눈에 아른거리는 것이다. "반 평도 안 되
는 목관"에 누운 '어머니'는 "팔십팔 세 한평생"을 "오 남매"에
대한 걱정과 헌신으로 살아왔다. 생전에 자식들이 잘되기만
을 빌었던 '어머니'의 일생을 되돌아보면 가슴속에 그리움과
슬픔이 가득해진다. 자식들의 손을 "뜨겁게" 잡아주시던 '어

머니'의 "손"은 차갑게 식어있고 이제 더 이상 "어머니는 아무 말이 없으시다". 실감나지 않던 '어머니'의 죽음은 '어머니'가 누워있는 "관"을 덮고 "봉인"하는 순간, 생生과 사死를 가로지르는 분명한 현실이 된다. '어머니'와 연결된 이생의 줄이 끊어지자 세상은 캄캄해지고 '나'의 존재도 없어지는 듯하다. 그러나 '어머니'는 사라진 것이 아니다. "어머니는 관 속에 누우셨지만/ 세상은 여전히 온통 어머니 천지다". '어머니'는 죽어서 관에 들어가 있지만 죽기 전보다도 더 생생하게 되살아난다. 이러한 역설에는 일말의 진실을 담보하고 있다. '어머니'의 죽음을 통해 '나'의 슬픔 속에서 '어머니'는 더욱더 강력하게 살아있게 되는 것이다. 대상의 부재가 그것의 현존을 강력하게 환기시킨다. 이 시는 '어머니'를 잃은 슬픔을 표현하되 자기 감상에 빠지지 않은 채 담담한 어조로 노래하는 애이불상哀而不傷의 경지를 보여 주고 있다. 사랑하는 '어머니'를 이제는 떠나보내야 하지만 좀처럼 떠나보낼 수 없는 '나'의 슬픔이 잔잔하게 전해진다. 추석에 찾아올 자식을 위해 "봄철 어린 죽순 따다 여름내 말리시어/ 조기 넣고 지져줄 기쁨에 찬 당신"(「추석이 추석인 것은」)을, "정월 대보름에는/ 어김없이/ 보름달처럼 환했던 당신"(「정월 대보름」)을, "이제는 다시는 맛볼 수 없는/ 진한 사랑으로 만드셨던/ 엄마표 떡국"(「떡국」)을 영원히 떠나보내야 하는 것이다. 슬픔을 꾹꾹 눌러쓴 문장들에서 '어머니'는 활기차게 웃으면서 걸어 나온다. '어머니'의 죽음을 애도하는 일은 생전의 '어머니'를 되살리고 기억하면서 손을 흔들어 잘 떠나보내 주는 것이다. 동

시에 죽은 '어머니'를 붙잡고 슬퍼하는 '나'를 떠나보내는 일이기도 하다. 「입관식入棺式」은 지나친 슬픔에 거리를 두고 '어머니'에 대한 사랑과 그리움을 애틋하게 표현한 수작秀作이다. 세상을 떠난 '어머니'의, 환청 같은 "웃음소리"에 둘러싸여 눈물을 머금은 채 웃으면서 작별 인사를 하는 시인의 모습이 오래도록 가슴에 남는다.

어머니
올해서야 비로소 흙의 손을 보았습니다
자기 몸속에 들어온 모든 것 품어
자식으로 키우느라 거칠고 검어진 흙의 손을 보았습니다

올봄
고추와 상추 그리고 가지 모종을 사다가
꾹꾹 심어놓았을 뿐인데
마디마디 굵어진 손가락으로
뿌리 내리게 하고 꽃 피우고 열매 맺게 하는 흙의 손

나는
문득 그 흙 속에서 어머니를 봅니다
봄 여름 가을 논밭에서 일하시느라
실핏줄이 다 터져 시커멓게 변해 버린 어머니의 손등

어머니
오늘 밝은 햇빛 먹으며 열매 주렁주렁 매달고

화사하게 웃고 있는 흙이 키운 아들,
저 고추나무를 봐주세요
크고 나면 다 자기들 잘나 자란 줄 알고
우쭐대는 자식들 그늘 아래서
해맑게 웃고 있는
흙의 얼굴을 봐주세요
자기 온몸을 헤집고 들어오는 자식들의 뿌리
뿌리마다 일일이 젖 물리는 흙의 젖가슴을
봐주세요

나는 오늘
그 흙을 만지며
실핏줄 터진 어머니 손등에 가만 내 볼을 비벼봅니다
                    —「흙의 손을 보았습니다」 전문

　「흙의 손을 보았습니다」는 지금은 곁에 없는 '어머니'에게 보내는 편지의 형식을 띠고 있다. '나'는 그전에는 미처 알지 못했던 "흙의 손"을 보았다고 '어머니'에게 고백한다. 그 "흙의 손"은 "자기 몸속에 들어온 모든 것 품어/ 자식으로 키우느라 거칠고 검어진 흙의 손"으로, 자식을 위해 "실핏줄이 다 터져 시커멓게 변해 버린 어머니의 손등"과 닮아있다. '어머니'가 배 속에 태아를 잉태하고 열 달을 품어 아기를 낳는 것처럼 "흙" 또한 대지에 심겨진 씨앗과 모종들이 "뿌리 내리게 하고 꽃 피우고 열매 맺게 하는" 생명의 토대로서 주어진다. 시인은 "흙"에서 '어머니'라는 위대한 모성성母性性을 발견한다. '어머니'-'흙'의 품은 한없이 넓고 포근하고 넉넉하다. 땅속에서 움트는 생명의 "뿌리마다 일일이 젖"을 물리는 "흙의 젖가슴"을 발견하는 것이다. "흙"을 노래하는 것은 "어머니"를 노래하는 것이다. 자식을 위한 '어머니'-'흙'의 무조건적인 헌신과 사랑은 식물들이 "밝은 햇빛 먹으며 열매 주렁주렁 매달"게 하지만 어떠한 보답도 요구하지 않는다. 그저 "크고 나면 다 자기들 잘나 자란 줄 알고/ 우쭐대는 자식들"을 바라보면서도 "해맑게 웃"기만 한다. '어머니'의 한없는 사랑을 깨달은 '나'는 "실핏줄 터진 어머니 손등"에 하듯이 "흙"을 "내 볼"에 부빈다. '어머니'를 간절히 느껴보기 위한 시인의 마음이다. 그 "흙"은 시인의 눈물로 촉촉이 젖은 채 대지로 돌아갈 것이다.

   확실히 '어머니'는 도처에 있다. 생명을 보듬어 품에 안는, 이 세상의 모든 존재들이 '어머니'이다. 우리는 '어머니'에 대한 그리움으로 살아간다. '어머니'는 우리가 태어나고 자란 근원이기 때문이다. 이돈권 시인은 존재의 근원적인 모성성에 대해 노래한다. 그의 시집 『희망을 사다』에는 '어머니'에게서 멀리 떨어져 나와 다시 그 근원에 닿기 위해 열망하는 한 존재자의 상像이 뚜렷하게 드러나 있다. 그는 "당신께 닿을 때까지/ 오르고 또 오르고 싶었는데" 멈출 수밖에 없어 "밤새 끙끙 앓아 열이" 올라 붉게 물든 "담쟁이"(「담쟁이」)처럼, 존재의 근원을 향한 뜨거운 열망을 가지고 있다. "문자로 사람을 만나고/ 세상을 향해 어지러운/ 언어를 토해 내"는, "만남을 잃어가는 도시"(「전철 스케치」)에서 우리가 유일하게 몸을 기대고 의탁할 수 있는 존재는 아무런 대가 없이 언제나 사랑으로 품에 안아주는 '어머니'일 것이다. 대지의 흙에서 자라난 식물이 죽어서 다시 흙으로 되돌아가듯이 우리는 '어머니'에게 나고 '어머니'에게로 되돌아간다. 이돈권 시인에게 '어머니'는 생물학적인 어머니만을 뜻하지는 않는다. '어머니'에 대한 그리움은 뭇 생명을 보듬고 품어주는 대자연이 가진 모성성에 대한 사유로 나아간다. 그의 시에서 '어머니'는 생명을 가진 존재의 근원이라는 보편성을 획득하면서 궁극적으로 모성성을 지닌 모든 존재에 대한 찬사와 경외를 보여 주는 것이다.

시인은 "험한 세상 자욱한 먼지 속"에서 "아픈 세상 보"며 흘리는 "눈물"로 "나를 적시고 너를 적시고/ 우리 모두를 촉촉하게 적시게 해달라고" "간절히 기도한다"(「눈물」). 그 "눈물"은 "갓 태어난 아기 새싹/ 곱게 씻기는 엄마의 손길"인 "봄비"이기도 하다. "죽었던 우리 마음 밭에/ 생명의 강 다시 흐르게 하는// 부활의/ 기쁜 눈물"(「봄비」)인 것이다. "봄비"에서 어린 생명을 보듬는 '어머니'의 사랑을 발견한다. 인간은 자기 스스로 생명을 유지하고 자란다는 착각을 할지 모르지만 우리가 사는 세상은 "아기 새싹"과 같은 작은 미물도 미쁘게 돌보는 보이지 않는 '어머니'의 사랑으로 가득 채워져 있다. 미처 우리가 깨닫지 못한 대자연의 모성성이 인간을 비롯한 모든 생명을 보살피고 살뜰히 챙기고 있는 것이다. 이돈권 시인은 우리가 사는 세상에서 남들이 잘 보지 못하는, '어머니'의 손길을 찾아내는 섬세한 눈을 가졌다. 그리고 우리 인간도 존재의 근원인 대자연의 '어머니'–'흙'–'봄비'를 닮아, 깨지기

쉽고 연약한 다른 생명을 품에 안아야 한다고 말한다. 그에게는 서로가 서로에게 '어머니'가 되어, 서로가 서로를 품어주는 세상에 대한 꿈이 있다. 이 품어줌은 타자의 아픔 혹은 기쁨에 공감하면서 마치 '어머니'가 '자식'을 보듬어 안듯이 궁극적인 사랑으로 이행된다. 그것은 뜨겁고 격렬하게 몰아치는 격정이 아닌, 담담하고 은근하고 푸근한 넉넉함에 기대어있다. "산딸기"를 보면서 산이 아닌 "내 가슴에 왜 붉게 열리는가"(「산딸기」)라고 물으며 자연물과 동일시하는 시인은 타자에 대한 사랑으로 물들어 있다. "그대 향한/ 내 마음"(「봄날」)으로 "달맞이꽃은 한밤중 달님 맞을 생각에/ 낮부터 노랗게 달뜬다"(「달맞이꽃」). "겨우내 지친 당신 얼굴에/ 맑은 미소 한번 줄 수 있다면/ 흙먼지 속에서도 노랗게 웃고 있는/ 꽃이 되겠습니다"(「봄날에 나는 꽃이 되겠습니다」)라고 선언하는 시인은 우리는 타자의 존재로 인해 비로소 자신의 삶이 가능하다는 것을 일깨워준다. "나는 너로 물들고/ 너는 나로 물들"(「가을에는」)듯이 우리는 서로가 서로를 품에 안고 서로에게 물들어야 대자연이라는 우주를 구성하는 '어머니'의 원리를 깨달을 수 있다. 우리 안에 있는 '어머니'성性을 일깨워 타자에게 한 발자국 나아가야 한다. 이 우주의 모성성에 동참할 때 우리는 서로의 품에서 다시 태어날 수 있다. 그리하여 우리는 각자의, "꼭 안아주고 싶은/ 당신 닮은 꽃"(「명자꽃」)을 비로소 발견하게 되는 것이다. 필연적으로 죽음으로 스러질 수밖에 없는 존재의 여린 생명에 눈을 뜨고 그것을 보듬고 책임져야 할 타자의 윤리에 가닿는다. 대자연인 '어머니'의 세계는 온갖 존재들이 공생공존共生共存하면서 만화방창萬化方暢하는 "향긋한 봄날"(「봄날을 사다」)을 꿈꾼다. 우리 안의 위대한 모성성이 "죽었던 우리 마음 밭에/ 생명의 강 다시 흐르게" 한다.

> 난 겨울이 좋습니다
> 추위는 무척 싫어하지만
> 겨울이 좋습니다
>
> 나이 들어 같은 방을 쓰되
> 따로 이부자리를 펴는 우리 부부
>
> 새벽녘 영하 8도를 넘어서자
> 서늘한 공기에 아내가 내 이불속으로
> 슬그머니 들어옵니다
> 가만히 안아줍니다
>
> 겨울은 추워도
> 니는 겨울이 좋습니다
> 그대, 내 품으로 살며시 돌아오는
> 겨울이 좋습니다
> 그대 내 곁으로 돌아오게 하는
> 겨울은 참 따뜻하기만 합니다
>
> ―「겨울이 좋습니다」 전문

'나'는 추위가 무척 싫다고 하면서도 겨울은 좋아한다고 말한다. 그 이유인즉, 평소 같은 방을 쓰지만 이부자리를 따로 펴는 우리 부부가 추위를 못 이긴 척 합방合邦을 할 수 있기 때문이다. 부부는 추운 겨울을 핑계로 서로의 "품"에 다가갈 수 있는지도 모른다. 「겨울이 좋습니다」는 부부의 일상적이고 소박한 이야기를 통해 우리에게 서로의 존재를 보듬는 "품"의 아름다움을 느끼게 해준다. 한 존재가 다른 한 존재를 "가만히 안아"주는 것. 이는 근원적인 모성성의 끌림에 기인한다. 모성성이라고 해서 대단하고 거창한 것이 아니다. 온기를 가진 생명이 자신의 따듯함을 다른 이와 같이 나누는 것이다. 서로의 따듯함을 느끼기 위해 서로가 서로에게 깃드는 것이다. 그것은 '나'와 '너'가 서로 같이 나눌 수 있는 "품"을 요구한다. 이 "품"에서 사랑이 시작된다. '너'의 곁에 다가감과 동시에 '나'의 곁을 내어줄 수 있어야 한다. 세상이 아무리 메마르고 각박하더라도 누군가를 안아줄 수 있는 작은 "품"만 있다면, 이 "품"을 통해 세상은 밝은 희망을 꿈꿀 수 있다. 그래서 "세상에서 제일 따듯한 옷은/ 당신"(「눈 내리는 아침」)인 것이다. 시인은 "그대 기댈 수 있는 넓은 가슴"(「그러려니」)으로, 그 넓은 "품"으로 세상과 마주한다. '어머니'가 주신 사랑의 방식으로 사랑을 실천한다. 이돈권의 시에는 '어머니'의 안온한 품과 같은 따듯함이 있다. 사랑을 나눌 수 있는 둥지를 만드는 일은 우리의 사명이다. 그가 희망하는 바와 같이, "그저 당신과 같이할 수 있는 곳이라면/ 그대 마음속에 나 기거할 수 있는/ 방 한 칸만 지을 수 있다면"(「집짓기」), 이 추운 겨울은 서로의 "품"을 느낄 수 있는 한층 더 따듯한 겨울이 될 것이다.

천년의시인선

116